Jan J. Laurenzi

Ich gebe auf,
weil ich nie eine
Chance hatte

Brief einer Ungeimpften an ihre Mutter

Bibliografische Information der Deutschen Nationalbibliothek: Die Deutsche Nationalbibliothek verzeichnet diese
Publikation in der Deutschen Nationalbibliografie. Detaillierte
bibliografische Daten sind im Internet unter http://dnb.d-
nb.de abrufbar.

Impressum:
© 2021 Jan J. Laurenzi
Herstellung und Verlag: BoD - Books on Demand,
Norderstedt, ISBN 9783755739470
Cover: Jan J. Laurenzi unter Verwendung eines Bildes von
Engin Akyurt (www.pixabay.com)

Wenn ich morgen die Impfung abhole,
wird sich etwas grundlegend geändert haben.
Nein, Mama, es wird nicht alles wieder gut –
es wird alles anders, völlig anders.
Du hast mich gebrochen, und ich habe die
Absicht, gebrochen zu bleiben und nicht
wieder zur lieben und braven Tochter
zusammenzuheilen.

Sabine

Liebe Mama,

es ist mitten in der Nacht und ich kann nicht schlafen. Das kenne ich ja inzwischen. Es war in letzter Zeit oft so. Das zehrt an den Nerven und auch an den Lebenskräften. Gerade jetzt spüre ich das sehr deutlich. Die Gedanken kreisen unaufhörlich, ich kann sie nicht abstellen. Danke für die Schlaftabletten. Sie helfen zwar in der Weise, dass ich nicht mehr hellwach, sondern benommen (ja, fast wie erschlagen) im Bett liege. Aber Schlaf ist das nicht. Und am Morgen fühle ich mich wie tot. Also auch kein Ausweg.

Das ist ein gutes Stichwort. Gibt es einen Ausweg aus unserer verfahrenen Situati-

on? Seit fast einem Jahr sind wir wegen Corona auf Konfrontation. Seit nun die vierte Welle da ist und unerbittlich zuschlägt, ist es unerträglich geworden. Ich spüre, dass das alles meine Kräfte überfordert. Vorhin kam mir der Gedanke, dass ich Dir doch einen Brief schreiben sollte, um meine Gedanken zu ordnen. Das könnte dem Chaos in mir vielleicht ein kleines bisschen Struktur geben. Ob ich ihn Dir geben werde, ist nicht so wichtig. Ich brauche jetzt nichts dringender als einen kleinen Funken Klarheit. Vielleicht bekomme ich den ja durch das Schreiben.

Nein, es geht nicht darum, dass ich damit eine Entscheidung treffen kann. Die habe ich bereits getroffen. Der Kampf ist vorbei. Du hast gewonnen. Morgen gehe ich zum Arzt und lasse mich impfen. Nicht aus innerer Überzeugung, sondern aus totaler Erschöpfung, körperlicher, psychischer und mentaler Erschöpfung. Du kannst also endlich beruhigt sein und vielleicht ja auch besser schlafen. Ich will Dir in diesem Brief meine Entscheidung nicht begründen, sondern Dir nur mein Inneres schonungslos offenbaren. Schau einfach hin, wie es mir geht. Mehr will ich nicht.

Das Chaos in mir ist durch die Entscheidung schon etwas weniger geworden, das stimmt. Nun aber beängstigt mich etwas anderes, das sich jetzt erst klar und deutlich vor meinem inneren Auge zeigt. Es ist die Frage: Wie geht es nun mit uns weiter? Wie mit meiner Familie, meinen Freunden, meinen Kolleginnen und Kollegen, meinen Bekannten? Ich habe ein seltsames Gefühl in mir, was diese Fragen betrifft. Ich spüre, da ist etwas unwiderruflich zerbrochen. Vor ein paar Tagen sagtest Du mir, ich bräuchte mich ja nur impfen zu lassen, dann sei alles wieder gut. Dieser Satz war wie ein Messer ins Herz, glaub mir. Denn er erinnerte mich so sehr an meine frühe Kindheit.

Einer Deiner Standardsätze im Erziehungskampf mit mir war ja der: Tu dies oder tu das, dann hat Dich Mama wieder lieb. Ich war ein trotziges Kind, hab mich oft dem Kampf mit Dir gestellt. Aber dieser Superwaffe war ich nicht gewachsen. Wie heute habe ich meine Kräfte schon damals überschätzt. Jedes Mal bin ich eingeknickt, und jedes Mal habe ich mich verletzt gefühlt, ja, seelisch vergewaltigt. Auch jetzt, über dreißig Jahre später, hast Du darauf vertraut, dass das wirkt. Tat es ja auch. Ich gebe mich (wie immer) geschlagen. Und wie damals fühle ich mich verletzt und vergewaltigt.

Eines weiß ich: Wenn ich morgen die Impfung abhole, wird sich etwas grundlegend geändert haben. Nein, Mama, es wird nicht alles wieder gut — es wird alles anders, völlig anders. Du hast mich gebrochen, und ich habe die Absicht, gebrochen zu bleiben und nicht wieder zur lieben und braven Tochter zusammenzuheilen. Und wenn es vielleicht wieder heilt, dann in einer völlig anderen Weise.

Wo fange ich an? Am besten mit dem Auslöser. Es begann mit Lisas Tod im Mai. Du weißt, sie war meine beste Freundin seit den frühen Kindertagen. Wir gingen gemeinsam in die Kita, dann in die Grundschule. Sie wechselte dann aufs Gymnasium, ich auf die Realschule. Aber wir blieben eng verbunden über all die Jahre, bis Corona kam. Als es die Impfung gab, war sie sofort dabei. Ich wollte erst noch abwarten, weil mir das alles nicht ganz geheuer war mit der Entwicklung im Hauruckverfahren und der bedingten Zulassung ohne komplett durchgeführte Sicherheitsstudien. Ich wollte einfach warten, wie sich die Sache entwickelt. Vielleicht braucht es die Impfung ja in ein paar Monaten gar nicht mehr, weil Corona verschwunden ist, dachte ich blauäugig.

Als es möglich war, gehörte Lisa zu den Ersten, die sich im Impfzentrum impfen ließen. Du weißt, was dann geschah: Sie bekam eine Sinusvenenthrombose im Gehirn und hatte das Pech, zu der Handvoll Tragischen zu gehören, die durch die Impfung starben. Man spricht dann von den extrem seltenen Einzelfällen. Doch selbst wenn das so ist: Tot ist tot. Lisa war kerngesund, sie gehörte zu keiner Risikogruppe. Aber sie war davon überzeugt: Die Impfung ist gut, ich brauche sie, wir alle brauchen sie, gemeinsam beenden wir die Pandemie.

Tragischer Zufall, kann man sagen, ja. Auch Du hast das nach ein paar Tagen der Schockstarre gesagt. Es sollte mich wohl trösten. Mensch, Mama: Trösten tut man mit dem Herzen, nicht mit dem Kopf! Aber da, aus dem Herzen (Deinem Herzen), kam nichts. Nur immer wieder die Hinweise, was die Experten Neues verlautbaren ließen: der neuste Podcast von Drosten, das neuste Bulletin von Wieler vom RKI, die neusten Tweets von Lauterbach.

Ja, Du warst noch früher geimpft als Lisa. Als Krankenschwester im Pflegeheim bekamst Du die Spritze schon im Januar. Und nichts ist passiert, alles ging gut, außer zwei Tagen Kopfweh. Niemand in Deinem Umfeld hatte größere Probleme.

Das war dann auch Dein Standardargument, wenn ich davon sprach, mich nicht impfen zu lassen. Man müsse die Sache doch nüchtern betrachten und die Zahlen sehen: Die Gefahr durch Corona sei doch viel größer als die Gefahr durch die Impfung. Das zeigten alle Studien, alle Experten würden das sagen. So Dein Einwand. Als ich erwiderte, dass es auch andere Experten gebe, die das nicht ganz so eindeutig sähen, hast Du das gleich abgetan: Das seien Querdenker. Vor denen solle man sich in Acht nehmen, denn sie verbreiteten nichts als gefährliche Lügen. So wurden wir uns fremd, fremder, als wir es eh schon waren.

Ich war emotional durcheinander und mental völlig verunsichert. Mit wem sollte ich reden? Mit Tom? Tom ist sicher ein guter Ehemann, hält unsere Familie am Laufen, organisiert, schaut, dass alles stimmt. Schön. Aber was Corona anbelangt, will er nicht lange nachdenken — und schon gar nicht kontroverse Diskussionen führen.

Für ihn ist die Pandemie eine ernste Gefahr für alle, und da gilt es, das zu tun, was gesagt wird, Punkt. In solch einer Situation könne die Politik nicht jeden Morgen einen Stuhlkreis machen und so lange diskutieren, bis alle einverstanden sind, sagte er neulich. Womit er ja auch irgendwo recht hat. Deshalb hat er sich ja auch ohne langes Zögern impfen lassen. Gewiss, man macht es sich zu einfach, nur auf die Politiker einzudreschen. Die sind zum Handeln gezwungen, haben aber von der Materie keine Ahnung. Also fragen sie die Experten und folgen ihnen. Aber auch Experten können sich irren – und glaub mir, Mama: seriöse wie scheinbar unseriöse gleichermaßen.

Anders als Du hat mir Tom bis vor Kurzem aber keinen Stress wegen des Impfens gemacht. Das sei meine Sache, sagte er – und ließ mich damit in meiner inneren Zerrissenheit allein. Meine Sache, meine Probleme, meine Seelenqual. Tom ist ein guter Ehemann, wenn es um die Ehe als Institution geht. In Bezug auf das große Thema Liebe ist er jedoch (verzeih mir, wenn ich das so hart sagen muss) ein Feigling und Versager. Der Schock über Lisas Tod war nur kurz Thema in unseren Gesprächen. Sicher, Tom war für mich da und hatte ein offenes Ohr – aber kein offenes Herz. Eigentlich reagierte er wie Du: Es sei sehr traurig, ein tragischer Zufall, hätte jede treffen können, komme auch nur ganz, ganz selten vor … Weißt Du, Mama? Wenn man in solch einer extremen Situation von allen Seiten nur so ein pseudo-empathisches Blabla zu hören bekommt, macht man irgendwann zu – auch aus Selbstschutz.

Aber man bleibt ja nicht allein – ob zum Glück oder zum Unglück, weiß ich nicht. Man hat die weite Welt des Internets, die immer für einen Zeit hat. Dort gibt es Menschen, denen es ähnlich geht. Schon das ist ein Lichtblick. Und dort gibt es Fachleute, die einen sagen, dass die offizielle Linie der Regierung falsch sei und die wissenschaftlichen Daten getürkt seien.

Klar, da wimmelt es von Wichtigtuern und psychopathischen Narzissten, auch solchen, denen es lieber wäre, die Welt ginge unter, als dass sie auch nur einen Fingerhut voll persönlicher Freiheit aufzugeben bereit wären. Ich habe es Dir immer gesagt: Das ist nicht meine Welt. Ich glaube nicht an eine lange geplante und groß inszenierte Verschwörung geheimer Mächte oder von wem auch immer. Ich habe einfach nur meine Bedenken. Nein, ich habe einfach Angst, dass die Impfung letztlich doch gefährlich für mich ist, wenn nicht gleich, so doch vielleicht in Monaten oder Jahren. Aber diese Ängste hat man heute nicht zu haben. Wer sie trotz wissenschaftlicher oder amtlicher Belehrung dennoch nicht ablegt, lebt gefährlich, das weiß ich jetzt. Sündenböcke tun das immer.

Wohin sind wir nur gekommen? Wer persönliche Bedenken hegt, weil sie oder er ein sehr ängstlicher Typ ist, soll sich von rationalen Argumenten überzeugen lassen und seiner Impfverweigerung abschwören. Diese Argumente sind wissenschaftlich, deshalb richtig. Ängste sind nur Gefühle und falsch, wenn sie den rationalen Argumenten entgegenstehen. So einfach ist die Sache für Euch. Im Kopf wohnt die Wahrheit, im Bauch (oder gar im Herzen?) die Lüge. Das ist die Welt von heute, und mir graut davor, wohin sie sich noch weiterentwickeln wird. Sie werden nicht eher ruhen, bis dass der Mensch von der Maschine abgeschafft worden ist. Aber lassen wir das, das könnte ja eine weitere verschwurbelte Verschwörungstheorie sein. Davor möchte ich Dich verschonen.

Ich möchte gerne noch bei Lisa bleiben. Sie ist ja nicht die Einzige, die ihre Coronaimpfung mit dem Leben bezahlt hat. Es gibt viele von ihnen. Ich will Dir keine Horrordaten aus Querdenkerkreisen präsentieren, sondern nur die offiziellen Zahlen vom Paul-Ehrlich-Institut, das für die Meldung der Nebenwirkungen zuständig ist. Bis Ende September wurden dort über 1800 Todesfälle nach der Impfung gemeldet. Über 4000 Menschen haben einen bleibenden Schaden erlitten. Ja, das ist gemessen an den verabreichten Impfdosen sehr wenig, und ja, das heißt auch nicht, dass alle gemeldeten Fälle ursächlich direkt mit der Impfung zusammenhängen müssen. Aber es gibt auch eine wohl hohe Dunkelziffer. Das sagen auch in Deinen Augen untadelige Fachleute.

In Deutschland werden auffallend wenige Impfnebenwirkungen auch tatsächlich gemeldet. In den Niederlanden ist das zum Beispiel ganz anders. Doch ich will nicht schon wieder den Sack mit den Zahlen aufmachen. Das hatten wir ja schon zur Genüge durchgekaut. Aber es ist nun mal so: Nicht wenige Menschen haben ihre Coronaimpfung mit dem Leben bezahlt oder einen bleibenden Schaden davongetragen. Nimmt man nur die offiziellen Zahlen für Deutschland bis Ende September, sind das möglicherweise 6000 Menschen. Wie viele sind es in Europa? Wie viele auf der ganzen Welt? Wie viele werden noch dazukommen, bis die Pandemie endlich vorbei ist?

Diese Zahl mag tiefer liegen, möglicherweise aber auch viel höher. Mama, das alles sind Menschenleben! Nur im Verhältnis zu den durchgeführten Impfungen erscheinen sie als Peanuts. Aber kein Tod ist Peanuts, nur weil er im Ver-

hältnis zu irgendetwas sehr selten auf-
tritt.

Lisa hatte das Pech, zu dieser scheinbar
lächerlich kleinen Peanutsgruppe zu gehören. Doch wem hilft diese Feststellung?
Ingo, der seine gesunde und lebenslustige
Frau verloren hat? Tim und Marc, die
nun keine Mutter mehr haben? Wie viele
Betroffene und Trauernde hat das Impfen
inzwischen mit sich gebracht? Sind ihre
Tränen weniger wert als jene, die über
am Virus Gestorbene vergossen werden?
Jene, die um Impftote trauern, sind dop-
pelt bestraft. Denn sie müssen damit leben, dass die Gestorbenen von der Politik, den Medien und der Öffentlichkeit
ignoriert werden. Wer spricht von ihnen
und ihrem Schicksal? Offiziell ist jeder

und jede von ihnen nur ein äußerst seltener Einzelfall. Ist das der Grund, warum man nicht über sie redet und ihre Zahlen nicht so öffentlich macht wie die der Coronatoten?

Impftote gehören zu den Kollateralschäden der Pandemie. Ja, es ist so: Lisa hatte das Pech, zur falschen Gruppe der Pandemietoten zu gehören, nicht zu den Virustoten, sondern zu den Kollateraltoten. Zu ihnen gehören auch jene, die durch die Coronamaßnahmen in den Selbstmord getrieben wurden. Aber wir müssen ja gar nicht von den Toten reden. Es gibt so unendlich viele, die mit ihren Schäden weiterleben müssen: jene, die psychisch krank wurden, die in ihrer Bildung um Jahre zurückgeworfen wur-

den, die ihre Existenz verloren haben.
Das hört man nicht gerne. Lieber ergötzen wir uns sadomasochistisch an den Panikszenarien, die uns die Herren und Damen von Lauterbach & Co. regelmäßig präsentieren. Die tagesaktuellen Wasserstandsmeldungen von der Inzidenzfront sind doch viel spannender, nicht wahr?

Tom würde jetzt sagen, ich wäre wieder zu emotional. In so einer Lage helfe nur ein klarer Kopf und Vernunft. Vielleicht ist mein Kopf vernebelt, und vielleicht bin ich auch vollkommen unvernünftig. Wisst Ihr aber, wie das bei mir ankommt? So: In dieser Lage hat man verdammt noch mal vernünftig zu sein. Wer dazu nicht fähig ist, muss halt Konsequenzen tragen, Punkt! So kommt das an. Ich bekomme diese kompromisslose Basta-Rhetorik nicht nur von Euch zu hören. Rundum sehe ich mich im Kreuzfeuer stehend.

Auch viele in der Öffentlichkeit und in den Medien, die ich früher toll fand und manchmal auch bewunderte, zeigen nun die eiskalte und stahlharte Seite ihrer Seele: Eckart von Hirschhausen, Hazel Brugger, Sarah Bosetti, Carolin Kebekus. Sie alle haben einen großen Sack auf dem Rücken, in den sie alle hineinpacken, die sich nicht impfen lassen. Die in ihren Augen verabscheuungswürdigen Solidaritätsverweigerer. Gleichzeitig tingeln diese Damen und Herren mit ihren Shows bei einer Inzidenz von über 350 wieder durch die Republik und füllen Säle, in denen ausschließlich Geimpfte und Genesene ungetestet dicht an dicht nebeneinanderhocken, keiner vom anderen weiß, ob er oder sie das Virus in sich trägt. Was auch allen scheinbar egal ist: Hauptsache, Ihr habt Spaß.

Dabei müssten sie eigentlich wissen (und wissen es natürlich), dass auch Geimpfte und Genesene sich mit dem Coronavirus infizieren und andere anstecken können. Die lautstarken Solidaritätseinforderer riskieren dabei, ohne mit der Wimper zu zucken, dass es zu Impfdurchbrüchen kommt und ihre Events zu Superspreadern werden. Aber davon hört man nichts. Hauptsache, man kann den großen Pranger mit immer neuen Vorwürfen gegen Ungeimpfte bedienen. Gift und Galle hat sich wohl bei allen inzwischen zur Genüge angestaut. In meinen Augen handeln jedoch all die Stars, die jetzt in Zeiten explodierender Infektionszahlen mit ihren Tourneen durch das Land ziehen, ebenso unverantwortlich wie jene, die das Coronavirus auch heute noch für harmlos halten und die Pandemie für eine Inszenierung.

Nun gut, das sind VIPs der heutigen Zeit. Die funktionieren halt nach dem momentan akzeptierten Narrativ der Masse. Was gehen mich solche Leute an? Wenn aber Menschen, die man eigentlich mag, liebt und die zur Familie gehören, auch so denken, fühlt man sich alleingelassen und sehnt sich nach den virtuellen

Freunden und Freundinnen im Netz, die so ähnlich ticken wie man selbst. Und die sind einem dann auch irgendwann lieber, selbst wenn sie offensichtlichen Quark erzählen. Lieber ein Schwurbler hört mir zu, als dass ein Geliebter mir meine Ängste vorhält und mich zur Vernunft zwingen will. Oder mit Liebesentzug droht wie Du, Mama.

Die Lage spitzt sich von Tag zu Tag zu und die Inzidenzen steigen — auch die Zahl der Coronapatienten auf den Intensivstationen. Warum mache mir nur die Impfung Angst, die Pandemie aber scheinbar nicht, hast Du mich gestern noch vorwurfsvoll gefragt. Corona macht mir Angst, glaub mir. Darum will ich mich und andere ja auch so gut es geht schützen. Ich trage stets Maske, habe keinerlei Probleme damit. Und ich halte gerne Abstand, wenn es nötig ist. Auch kein Problem. Wenn erforderlich, lasse ich mich auch testen, wenn ich irgendwohin gehen will. Ich will mir nicht den Vorwurf machen müssen, schuld daran zu sein, dass andere sich anstecken.

Im Gegensatz zu den 2Glern kann ich zumindest einigermaßen sicher sein, das Virus nicht zu verbreiten. Aber es wird mir schwer gemacht, meinen Beitrag auch wirklich zu leisten. Man lässt mich meinen Test selber zahlen. Für einen PCR-Test macht das schon mal hundert Euro oder mehr. Wer macht das schon? Das lädt zum Tricksen ein. Ist das der Pandemiebekämpfung förderlich?

Mama, ich habe Dir meine Meinung zur Coronaimpfung immer wieder erklärt. Ich bin keine Impfgegnerin. Ich bin einfach skeptisch und höre mir alle Argumente an, von allen Seiten. Alte Menschen und solche mit schweren Krankheiten sollen sich impfen lassen. Das ist für mich kein Thema. Und ich will ja auch dazu beitragen, dass es nicht noch weiter ausufert. Eben nur nicht mit der Impfung.

Man wirft uns Ungeimpften vor, wir seien egoistisch und unsolidarisch. Gewiss, manche haben sich in ihrer Welt verheddert und kommen da nicht mehr raus. Vielleicht sind es ja auch mehr, als ich denke. Aber das gilt längst nicht für alle.

Doch das lasst Ihr nicht gelten. In Eurem Kopf läuft doch in Dauerschleife immer das eine schräge Lied: Wegen der Ungeimpften geht die Pandemie jetzt ungebremst weiter. Wegen dieser die ganze Gesellschaft in Geiselhaft nehmenden Egoisten sterben wieder mehr Leute an Corona. Sie tyrannisieren und terrorisieren die breite Gemeinschaft der Impfwilligen, also der Vernünftigen, der Guten, der Opferbereiten, der Solidarischen und moralisch Integren, die vor einem so minimalen Risiko von Impfnebenwirkungen keinen Schiss haben.

Hat man ihnen nicht seit Monaten ein Impfangebot gemacht? Aber irgendwann ist eben Schluss. Und in Anbetracht der explodierenden Zahlen ist das jetzt der Fall. Mutter, ich höre Dich ...

Wie scheinheilig ist doch diese Debatte um das sogenannte Impfangebot! Wenn ich Menschen ein Angebot mache, dann können sie es entweder annehmen oder ablehnen. Egal wie: Hat man sich entschieden, ist die Sache erledigt.

Im Falle der Impfung jedoch sagt der Staat: Ich mache dir ein Angebot. Nimmst du es an, ist es gut, wenn nicht, musst du mit Sanktionen rechnen: keine Lohnfortzahlung, kein Restaurantbesuch, kostenpflichtige Tests und so weiter. Bei Nichtannahme Strafe. Was bitte ist das für ein Angebot? Das ist kein Impfangebot, das ist eine unverhohlene Impfaufforderung. Wenn ich einer Aufforderung nicht nachkomme, muss ich mit Konsequenzen rechnen, aber doch nicht bei einem Angebot! So ein Impfangebot ist nichts anderes als eine weichgespülte Form von Impfpflicht. Genau solche Dinge sind es doch, die die Menschen, die an der Impfung und den Coronamaßnahmen zweifeln, erst recht in ihrer Meinung bestätigen.

Ich kenne aus dem Netz nicht wenige, die anfangs auffallend moderat waren und nun ganz schräg abgedriftet sind. Ihr mögt vielleicht ein Gehirn vollgestopft mit Vernunft haben, aber wenn es um Menschenkenntnis geht, seid ihr allesamt Analphabeten!

Gestern beim Abendessen hielt mir Tom vor, ich würde mit schuld daran sein, dass die Pandemie jetzt nicht schon vorbei ist. In Ländern mit hoher Impfquote sei die Inzidenz schließlich viel niedriger als bei uns. Jeder, der sich jetzt einen Piks setzen lasse, trage dazu bei, dass wir alle bald wieder ein normales Leben führen könnten. Er plappert da nur das nach, was er aus den Nachrichten und den Talkshows hört. Würde er sich die Mühe machen, die Zahlen in den einzelnen Ländern genauer anzuschauen, käme er vielleicht ins Grübeln.

Ich habe gerade auf Zeit online die Seite mit den neusten Zahlen aus aller Welt geöffnet. Im Suchfeld kann man jedes Land der Erde eingeben. Tom nannte

Portugal als Beispiel. Okay: Heute ist der 18. November. In Portugal sind bis heute 87,5 Prozent der Menschen vollständig geimpft, gegenüber 67,8 Prozent in Deutschland. Bei uns liegt die Inzidenz bei 354,2, in Portugal immerhin bei 114,9. So wenig ist das nicht. Und vor allem: Es sind 41 Prozent mehr als vor einer Woche, bei uns 39 Prozent.

Dann schau ich mal bei Dänemark: Impfquote auch höher: 75,9. Aber die Inzidenz ist es mit 417,4 auch. Ein Wochenplus von ebenfalls 41 Prozent.

Beispiel Malta: Quote bei (halt Dich fest) 97,6 Prozent komplett Geimpften. Inzidenz am 18. November zwar (nur) 97,6, das aber bei einer wöchentlichen

Steigerungsrate von ebenfalls 41 Prozent.
In all diesen Ländern ist der Anstieg
vergleichbar, bei deutlich unterschiedlichen
Impfquoten.

Und jetzt gebe ich mal Indien ein – und
welch Überraschung: Inzidenz liegt am
18. November bei gerade mal 5,6 bei
einem Wochentrend von minus 5 Prozent. Wie hoch ist die Impfquote? 95
Prozent? 99 Prozent? Denkste, die liegt
bei läppischen 27,7 Prozent. Vollständig
geimpft, versteht sich …

Okay, ich wollte nicht wieder mit Zahlen
anfangen. Aber Mama, schau Dir das
doch mal an. Wie kann man angesichts
dieser Daten behaupten, es liege ausschließlich an den Ungeimpften, dass die

Zahlen jetzt wieder so stark steigen?
Kann es denn nicht sein, dass es da Zusammenhänge gibt, die die Experten
selbst noch gar nicht verstanden haben?
Und dennoch sind wir es, die für die aufgeklärte Gesellschaft die Unsolidarischen
sind, die nur auf sich selbst schauen und
nicht auf die Mitmenschen. Und die das
eigene Wohl über das der Gemeinschaft
stellen.

Schon sprechen sich prominente Medizinethiker für die Einführung einer Impfpflicht aus, weil Impfen eben keine Privatsache sei. Man könne es von jedem
Mitglied der Gesellschaft verlangen, sich
bei drohender Gefahr auch auf ein überschaubares Restrisiko einer Impfnebenwirkung einzulassen. Zum Schutz vor

vermeidbarem Schaden müsse man auch Zwangsmaßnahmen anwenden dürfen. Es ginge ja um nichts anderes als um das Einfordern von Solidarität sowie darum, andere vor vielleicht lebensbedrohlichen Gefahren zu schützen.

Das hört sich alles so wunderbar moralisch und menschlich an. Wenn das das Maß für ethisches Handeln ist, warum wendet man es dann nicht grundsätzlich an, wann immer Gefahr für Leib und Leben anderer besteht? Fast eintausend Menschen sterben beispielsweise jährlich auf deutschen Straßen, weil zu schnell gefahren wird. Diese Zahl könnte halbiert werden, würde man ein Tempolimit von 130 einführen. Tut man aber nicht. Als einziges Land in ganz Europa. Wer

fordert hier die Solidarität der Tempo-
limitverweigerer? Das Einzige, was man
von ihnen verlangen würde, ist, das Ra-
sen sein zu lassen. Aber das ist für viele
ein zu starker Eingriff in die persönliche
Freiheit. Wer jetzt davon faselt, Ungeimpfte nicht mehr auf Intensivstationen
zu behandeln oder ihnen die Therapie in
Rechnung zu stellen, der sollte auch for-
dern, allen, die sich gegen ein Tempolimit
aussprechen, den Führerschein zu nehmen. Autofahren ist auch keine Privatsache, liebe Ethiker.

Die Freiheitseinschränkung beim Tempolimit ist nur die, beim Fahren nicht
schneller als 130 zu fahren, mehr nicht.
Beim Impfen bedeutet sie aber, dass das
Recht auf körperliche Unversehrtheit, das

das Grundgesetz jedem Menschen garantiert, ausgesetzt wird. Es ist also eine gravierende Grundrechtseinschränkung. Deshalb wolle man auch keine generelle Impfpflicht, heißt es. Was für ein Hohn! Offiziell gibt es keine Impfpflicht, ersatzweise aber immer mehr Daumenschrauben, die einen derart starken sozialen Druck auf die Ungeimpften ausüben, dass sie letztlich gar nicht mehr anders können.

Solidarität soll erzwungen werden, ganz gleich, mit welchen Mitteln. Aber wie verhält es sich mit der hochgelobten Solidarität bei jenen, die in Zeiten von Corona über 4000 Intensivbetten in den Kliniken abgebaut haben? Jene, die dafür verantwortlich sind, gehören jetzt zu den lautesten Kläffern, wenn es um die Stigmatisierung von uns Ungeimpften geht.

Wo ist die Solidarität der Geimpften, die neulich beim Karnevalsauftakt am Rhein lauthals singend und johlend dicht an dicht sowie ohne Maske auf ihre Freiheit bestanden, den Beginn der fünften Jahreszeit so zu feiern, wie man es schon immer getan hat? Und sogleich erhielten sie von Politikern mit den Worten Absolution, das gehöre nun mal zur Tradition und man dürfe Geimpften ihre Freiheiten nicht noch länger vorenthalten. Einleuchtend: Geimpfte können das Virus übertragen, Geimpfte können sich mit dem Virus anstecken, Geimpfte können am Virus erkranken. Aber Tradition hat Priorität. Und Geimpfte müssen wieder das Recht haben, ihr altes Leben führen zu dürfen. Kurz: Impfung im Arm, Corona aus dem Sinn. Tut mir leid, Mama, aber das alles ist nur noch mit Zynismus zu ertragen.

Jetzt gibt es erste Zahlen, wer eigentlich der Pandemietreiber in der vierten Welle ist: Von den Infektionsmeldungen über die Luca-App stammen fast drei Viertel von Leuten, die Klubs, Discos und Bars besucht haben. Alles Orte, in denen 3G oder 2G gilt. Was heißt das? Ungeimpfte waren dort entweder gar nicht zugegen oder sie waren getestet. Die große Mehrzahl waren Genesene und Geimpfte. Und bei denen verzichtet man ja großzügig auf Testungen. Die Geimpften sollten ja dafür belohnt werden, Solidarität gezeigt zu haben, und keine Einschränkungen mehr ertragen müssen. Welche Gruppe aber ist nun für die Verbreitung des Virus hauptsächlich verantwortlich? Muss ich wohl nicht extra ausführen, oder?

Wer also ist verantwortlich für das Hochschnellen der Zahlen? Der Mainstream und seine Säulenheiligen sagen: die Ungeimpften! Wer aber hat die Verordnungen erlassen, dass Ungeimpfte und Genesene ohne Test und ohne jegliche AHA-Regeln in Massen wieder zu Veranstaltungen gehen können? Die Politik oder die ominöse Gruppe der Ungeimpften? Wer trägt dafür die Verantwortung, Mama? Und was macht die Politik jetzt? Sie verschärft die Maßnahmen gegen Ungeimpfte und lässt die 2Gler weiterhin ungehindert und vor allem unkontrolliert das Virus verbreiten. Mir wird übel …

Diese schlauen Füchse in der Politik: Sie sprechen von Impfangeboten, wollen keine generelle Impfpflicht und erhöhen im gleichen Atemzug den gesellschaftlichen Druck immer mehr, damit die Unwilligen endlich einknicken. Wir müssten die Impflücke schließen, heißt es dann. Das sei die einzige Chance, aus dem Schlamassel herauszukommen. Ja, wann ist die denn geschlossen? Offenbar reichen 90 Prozent auch nicht, wie sich inzwischen zeigt. Alle Impfverweigerer werde man nicht erreichen können, sagen Oberschlaue. Dann eben die Kinder, da klafft ja auch noch eine große Lücke. Im Ernst? Sollen nun wieder die Kinder herhalten, um ein politisches Ziel zu erreichen? Und das bei einer Krankheit, die Kinder und junge Erwachsene bis 25 zu 99,995 Prozent überleben? Nein, diese Zahl stammt nicht aus einer dubiosen Querdenkerquelle, sondern aus einer neuen, ordentlich veröffentlichten wissenschaftlichen Studie.

Neulich sagte mir meine Kollegin Sophie, sie habe ja durchaus Verständnis für meine Haltung, aber ich sei halt nicht richtig informiert. Sie riet mir, nicht nur das zu glauben, was man im Internet liest. Die offiziellen Stellen hätten doch die verlässlichen Infos. Wirklich? Ich fragte sie, ob sie mir beweisen könne, dass diese Infos immer die wahren und die aus dem Internet immer die falschen sind. Eine Antwort bekam ich nicht. Falschinformationen gibt es überall, nicht nur bei den Impfgegnern.

Dass es ausgeschlossen sei, dass die Coronaimpfung Spätfolgen nach sich ziehe, ist auch so eine. Ausgeschlossen bedeutet doch, dass man ganz sicher weiß, dass etwas nicht eintreten kann. Das hat dann schon Wahrheitsanspruch. Das war auch die Standardargumentation im Chor der Lauterbachs in all jenen Medien, die sich den Orden der Seriosität selbst an die journalistische Brust gesteckt haben, als man auf Joshua Kimmich eingedroschen hat.

Die Riege der Hofexperten sagt, dass bei Impfungen Nebenwirkungen in den ersten Wochen bis spätestens einigen Monaten auftreten würden. Doch selbst wenn diese Erkenntnis richtig ist, sie gilt nur für die Impfstoffe, mit denen man über eine längere Zeit Erfahrung hat. Das hat man aber gerade bei den neuen mRNA-Impfstoffen gegen Covid-19 nicht. Diese beruhen doch auf einer völlig anderen und neuen Technologie.

Die Coronaimpfstoffe sind die ersten überhaupt, die nach dieser Methode hergestellt worden sind und nach einem neuen genetischen Mechanismus wirken. Wie kann man die Erfahrungen einer alten Technologie einfach auf eine neue übertragen? Das ist doch, als hätte man bei der Erfindung der Motorräder ausgeschlossen, dass damit mehr Unfälle passieren würden als mit den schon lange bekannten Fahrrädern.

Geradezu peinlich wird es, wenn dann noch behauptet wird, die Impfstoffe würden schnell wieder abgebaut und ausgeschieden. Deshalb könnten sie Monate oder Jahre später ja gar keine Schäden verursachen. Und in der kurzen Zeit, in der sie im Körper waren, hätten sie garantiert zu keinen Schäden geführt. Wirklich? Woher wissen die das? Warum soll es absolut ausgeschlossen sein, dass gerade in dieser Zeit, da sie aktiv waren, etwas in Gang gekommen ist, das sich erst nach Monaten oder Jahren als fassbarer Schaden erweist, selbst wenn der auslösende Stoff schon längst nicht mehr da ist? Welche Glaskugeln haben diese Experten unter ihren Betten versteckt, dass sie so etwas kategorisch ausschließen können? Eigentlich ist es doch ganz einfach: Von einer Technologie, die erst seit einigen Monaten im Einsatz ist, kann kein vernünftiger Mensch (und sei es ein noch so hochdekorierter Experte) allen Ernstes behaupten, es würde definitiv keinerlei Gefahr ausgehen. Auch nicht von Langzeitschäden. Das ist einfach unwissenschaftlich.

Ach, Mama, Du merkst es sicher: Ich komme immer wieder in diese Argumentationsschiene hinein … In diesem Brief habe ich ja das alles nicht mehr erwähnen wollen – aber es sitzt halt doch tief, und ich bin immer noch überzeugt, dass man diese Einwände nicht einfach so mir nichts, dir nichts wegwischen kann. Aber im Moment gibt es zu Corona eine einzige akzeptierte Einheitsmeinung, die die Gesellschaft bitte einvernehmlich zu vertreten hat. Und angesichts der Lage verbiete sich da jede Diskussion. Deshalb will ich jetzt auch einen Punkt machen und die Sache so stehen lassen. Es ist auch schon fast zwei Uhr nachts. Zeit also aufzuhören. Nur, wie schließe ich diesen Brief ab? Gibt es da ein gutes Schlusswort?

Ja, ich gebe mich geschlagen, vor Dir, vor Euch, vor meinem Freundeskreis, meinen Arbeitskolleginnen, der Gesellschaft, die mit scharfen Fingern auf mich zielt und mich mit Verachtung straft. Ich bin nicht so stark wie manch andere, die das jetzt durchziehen, komme, was wolle. Ich bin schon oft seelisch verwundet worden in meinem Leben, aber noch nie hat es mich in seiner Masse und Intensität so getroffen. Das „Selber schuld" ist die letzte Rasierklinge, die sich mir ins Herz schneidet.

Bald ist Weihnachten. Keine Ahnung, wie das dieses Jahr abläuft. Eine Freundin aus dem Netz, der es ähnlich geht, hat mir angeboten, mit ihr über die Feiertage irgendwohin zu fahren, einfach weg, sich einfach ausklinken. Ich war anfangs begeistert davon. Dann haben wir beide schnell gemerkt, dass das ja wohl gar nicht geht. Ich wäre dann geimpft, sie aber nicht. So kriegen wir ja nirgends gemeinsam Unterschlupf. Vielleicht finden wir aber irgendwo einen Stall, in dem wir illegal übernachten können, wenn in keiner Herberge mehr für uns Platz ist – an Weihnachten 2021 …

Wie gesagt: Ich habe noch keinen Plan. Tom und die Kinder werden sicher zu Euch kommen. Mit mir solltest Du im Moment mal lieber nicht rechnen. Aber vielleicht überlege ich mir das ja noch. Bis dahin geht es ja noch vier Wochen. Eines aber ist gewiss: Auf die Kinder brauchst Du nicht mehr aufpassen. Ich schaue da nach einer Betreuung. Dein letzter Schuss, der mich endgültig niederstreckte, war ja der, dass ich die beiden nicht mehr bringen brauchte, wenn ich mich jetzt nicht endlich impfen ließe. Die Sache hat sich erledigt. Morgen bin ich geimpft, dann schaue ich nach Ersatz. Was so eine Pandemie doch mit uns Menschen macht …

Ich denke aber, das Schlusswort sollte nun nicht so unversöhnlich sein. Wir alle sind da in eine Sache hineingerissen worden, mit der wir nicht gerechnet haben und mit der wir nicht umgehen konnten. Jeder hat es so verarbeitet, wie er gestrickt ist, und jede so, wie sie es ihrer Psyche nach konnte. Dass das mit so viel Verwundung einhergeht, konnte niemand von uns vorher wissen. Und sicher wollte es auch niemand so, wie es letztlich lief und wohl noch einige Zeit läuft. Eigentlich wollen wir doch alle nur ein gutes, friedliches, gesundes Leben — alle miteinander wollen wir das doch. Aber diese Krise hat uns gezeigt, wie unfähig wir sind, diesen Wunsch in unseren Herzen zu hüten und zu schützen, wenn Krisen uns erschüttern.

Sei gedrückt

Der Autor

Jan J. Laurenzi ist ein Pseudonym. Der Autor ist Schriftsteller und veröffentlicht seit Jahren in einem Spezialgebiet. Seit seiner Jugend beschäftigt er sich zudem intensiv mit philosophischen, medizinischen, religiösen und spirituellen Themen. Sein Wahlspruch ist ein Aphorismus von Martin Walser: *„Nichts ist ohne sein Gegenteil wahr".*

Weitere Bücher

Jan J. Laurenzi:
Mutter Corona und die Rettung der Welt
Botschaft aus der Psychiatrie
BoD, 126 Seiten, € 10,00 / E-Book € 7,99

Im Juni 2020 wurde Petra S. in die geschlossene Abteilung einer psychiatrischen Klinik eingewiesen. Sie hatte auf einer Corona-Demonstration mit einem Küchenmesser bewaffnet die Bühne gestürmt. Sie bezeichnete sich als Wiedergeburt der heiligen Corona und verlangte vor dem deutschen Bundestag sprechen zu dürfen. Sie habe von Gott den Auftrag bekommen, die Welt vor dem Untergang durch Covid-19 zu retten. Ihr behandelnder Arzt bemerkte, dass die Äußerungen von Petra S. (die verlangte, mit Mutter Corona angesprochen zu werden), zwar eindeutig schizophrene Züge trugen, von ihrer intellektuellen Qualität und Tiefe aber nicht mit dem Bildungs- und Wissensstand der Patientin in Übereinstimmung gebracht werden konnten. Er führte mit ihr Gespräche außerhalb des therapeutischen Settings und protokollierte sie. Wie Petra S. zu ihren komplexen Gedankengängen kam, blieb ihm bis zum Schluss ein Rätsel.

Weitere Bücher

Jan J. Laurenzi:
Der Prophet des Gemetzels
Albert Caraco und der Untergang der
menschlichen Ordnung
BoD, 104 Seiten, € 10,00 / E-Book € 7,99

Es braut sich etwas zusammen: Das Klima scheint in nicht allzu ferner Zeit zu kippen, Corona kann der Auftakt zu immer gefährlicheren Pandemien gewesen sein, Cyberattacken legen fortwährend mehr Schlüsselbereiche von Wirtschaft und Gesellschaft lahm. Die Welt fährt nicht gerade in ruhigen Gewässern. Zeit also für Unheils-Propheten? Der selbsternannte Prophet und Philosoph Albert Caraco (1919 - 1971) war ein solcher. Mit hasserfüllten Fluchreden über Staat, Religion und Gesellschaft sagte er die nahe Apokalypse voraus und den Untergang der bestehenden menschlichen Ordnung. Mit dem Abstand von einigen Jahrzehnten wird die Aktualität dieses misanthropen Einzelgängers überraschend deutlich. Seine messerscharfe Analyse lässt aufhorchen.

Weitere Bücher

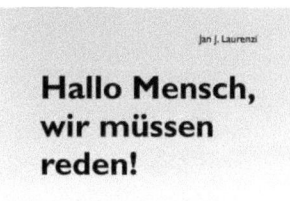

Jan J. Laurenzi:
Hallo Mensch, wir müssen reden!
Offener Brief von Planet Erde an Homo sapiens
BoD, 80 Seiten, € 9,00 / E-Book € 6,99

Dies ist ein fiktiver Brief der Erde an den Menschen. Grund ist der desolate Zustand, in dem sich der Planet befindet. Eine umfassende ökologische Katastrophe scheint unabwendbar, deren Grundursache der Klimawandel zu sein scheint. Doch die Erde warnt: „Macht es Euch nicht zu einfach. Es gibt noch größere ökologische Gefahren als den Klimawandel. Die größte aber ist die Mentalität des *Human first*, die alles dem Wohlergehen der Gattung Mensch unterordnet." Es sind unbequeme Wahrheiten, die Planet Erde benennt. Die damit verbundenen Forderungen werden Widerstand hervorrufen, möglicherweise auch einen Aufschrei der Empörung. Dabei sind sie aus Sicht des Planeten nur folgerichtig und alternativlos.

Mehr Infos und weitere Veröffentlichungen unter:

www.jan-j-laurenzi.de